Mes pArents sont Gentils MAis...

TELLEMENT MAUVAIS PERDANTS !

D1258389

Catalogage avant publication de Bibliothèque et Archives nationales
du Québec et Bibliothèque et Archives Canada

Gravel, François

    Mes parents sont gentils mais... tellement mauvais perdants!
    (Mes parents sont gentils mais...; 6)
    Pour les jeunes de 10 ans et plus.

    ISBN 978-2-89591-059-6

    I. Rousseau, May, 1957- . II. Titre. III. Collection.

PS8563.R388M47 2008   jC843'.54   C2008-940362-2
PS9563.R388M47 2008

Révision et correction: Christine Deschênes, Annie Pronovost

Tous droits réservés
Dépôts légaux: 4ᵉ trimestre 2008
Bibliothèque nationale du Québec
Bibliothèque nationale du Canada

ISBN : 978-2-89591-059-6

Les éditions FouLire reconnaissent l'aide financière du gouvernement
du Canada par l'entremise du Programme d'aide au développement de
l'industrie de l'édition (PADIÉ) pour leurs activités d'édition. Elles remercient
la Société de développement des entreprises culturelles du Québec (SODEC)
pour son aide à l'édition et à la promotion.

Gouvernement du Québec – Programme de crédit d'impôt pour l'édition
de livres – gestion SODEC.

Les éditions FouLire remercient également le Conseil des Arts du Canada
de l'aide accordée à leur programme de publication.

100%

Imprimé avec de l'encre végétale sur du papier Rolland Enviro 100, contenant 100%
de fibres recyclées postconsommation, certifié Éco-Logo, procédé sans chlore et
fabriqué à partir d'énergie biogaz.

IMPRIMÉ AU CANADA/PRINTED IN CANADA

FRANÇOIS GRAVEL

Mes pArents sont Gentils mAis...

TELLEMENT MAUVAIS PERDANTS !

Illustrations
May Rousseau

Roman

À Simon,
le meilleur gardien de but
de tous les temps!

Chapitre zéro

Avez-vous des parents, vous aussi?

Oui?

C'est difficile de faire autrement de nos jours, vous avez bien raison.

Si vous n'en avez qu'un seul, ce n'est déjà pas si mal. Un parent, c'est assez facile à comprendre quand on y met les efforts nécessaires. Si on l'observe attentivement, on peut deviner ses réactions. Et si on a eu la chance de tomber sur un parent intelligent, on peut même arriver à se faire obéir sans trop de peine.

Si vous avez deux parents, alors vous n'êtes vraiment pas chanceux : deux parents n'entraînent pas deux fois plus de problèmes, mais TROIS fois plus de problèmes, pour ne pas dire des millions de fois plus.

Vous pensez que j'exagère, ou alors que je suis nul en mathématiques ? Lisez mon histoire, et vous verrez que je suis encore très loin de la réalité !

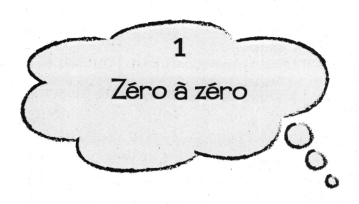

1
Zéro à zéro

Parfois, quand je n'ai rien de mieux à faire, j'aime bien jouer aux cartes avec mes parents. Je ne parle pas de ces jeux sans intérêt qu'on trouve sur les ordinateurs, mais de vraies cartes, celles qu'on tient en éventail dans nos mains.

Quand je joue avec ma mère, elle me répète toujours que l'important n'est pas de gagner, mais de s'amuser. Je sais bien que toutes les mères disent ça, mais ce qui est un peu fatigant avec la mienne, c'est qu'elle se croit obligée de le répéter chaque fois que nous commençons une partie. Pense-t-elle vraiment que je risque de l'oublier?

Le pire, c'est qu'elle-même ne semble pas s'amuser du tout. Il faut toujours lui rappeler les règles du jeu: l'as est plus fort que le roi, qui l'emporte sur la dame, laquelle est plus forte que le valet, et ainsi de suite. Ma mère est très gentille et je crois qu'elle est assez intelligente pour une adulte, mais elle n'a pas beaucoup de mémoire.

En plus, elle déteste gagner. Si elle a le malheur de remporter une partie, elle est tellement désolée pour moi que c'est tout juste si elle ne se met pas à pleurer. Si je gagne, par contre, elle n'en finit pas de me féliciter et de m'applaudir. Je la soupçonne même de tricher pour m'éviter la défaite.

Avec mon père, c'est tout le contraire. Lui aussi me répète que l'important, c'est de s'amuser, mais la seule façon qu'il connaît de s'amuser, c'est en gagnant! Quand il perd, il devient tout rouge, il frappe sur la table avec son poing et il dit des gros mots que je n'aurais pas le droit d'écrire dans un livre. Si je refuse de lui accorder une partie de revanche, il boude pendant une semaine. Il m'arrive de tricher pour le laisser gagner, sinon je n'irais jamais me coucher.

Chaque être humain a sa façon de réagir, c'est normal. Quand ces êtres humains sont nos parents, on finit par s'habituer à leurs différences. Il suffit de les prendre séparément, et on se débrouille avec leurs particularités. Les vrais problèmes commencent quand des parents aussi différents discutent de l'attitude qu'il convient d'adopter avec leur fils.

– Tu es mauvais perdant! reproche ma mère à mon père quand il dit des gros mots parce qu'il a perdu. Ce n'est pas un bon exemple à donner à ton enfant.

– Toi, tu le protèges trop ! répond mon père. Maxime doit apprendre à vivre avec la défaite. Ça forme le caractère.

– Si c'est pour avoir un caractère comme le tien, ce n'est peut-être pas une si bonne idée.

– Qu'est-ce que tu veux dire, au juste ?

– Je me comprends !

– Heureusement, parce que moi, je ne te comprends pas du tout.

– C'est parce que tu es tellement mauvais perdant que ça te bouche les oreilles !

– C'est plutôt *toi* qui es mauvaise perdante.

– Mauvaise perdante, *moi* ? Comment peux-tu oser dire ça ?

– Je peux oser dire ça parce que c'est la vérité. Tu acceptes facilement de perdre aux cartes parce que c'est un jeu qui t'ennuie, mais quand nous discutons tous les deux, tu veux toujours avoir le dernier mot!

– Ce n'est quand même pas ma faute si j'ai raison. La plupart du temps, du moins... Presque toujours, en fait... Mais revenons à l'objet de notre discussion. Tu ne dois pas oublier que je suis allée à l'université, et que...

– Bon, voilà que ça recommence! Moi aussi, je suis allé à l'université!

– C'était pour étudier la comptabilité! Moi, j'ai étudié la *pédagogie*, et tous les professeurs m'ont répété qu'il est *fondamental* de développer le plus tôt possible le sens de l'entraide et de la solidarité chez les enfants. Les *apprenants* ne doivent pas se comparer entre eux, mais plutôt *prendre conscience* de leur *cheminement*...

– C'est bien beau dans les livres, tout ça, mais dans la vraie vie, tu sauras qu'il faut apprendre à se battre.

Regarde un peu autour de toi : il y a de la compétition partout.

– Raison de plus pour laisser les jeunes souffler un peu avant d'entrer dans la *vraie vie*, comme tu dis.

Quand ils se lancent sur ce sujet, ils en ont pour la soirée, parfois même pour la nuit. Le mieux que j'ai à faire, c'est d'aller me coucher.

Comprenez-vous maintenant ce que je disais à la fin du chapitre zéro ? Un parent, c'est vivable. Deux parents aussi, à condition de les fréquenter à tour de rôle. Quand ils sont ensemble, c'est trois fois plus compliqué, et même pire !

Essayez un peu d'imaginer une partie de Monopoly nous opposant tous les trois, mon père, ma mère et moi...

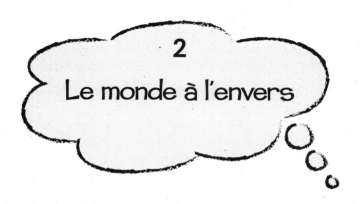

2
Le monde à l'envers

Mon père adore le Monopoly. Quand il était petit, il jouait très souvent avec ses amis. Ils organisaient des tournois qui duraient des jours et des jours. Il paraît même que c'est en jouant à ce jeu qu'il est devenu champion en calcul. Je n'ai aucun mal à le croire : aujourd'hui encore, il connaît la valeur de chaque terrain, de chaque maison et de chaque hôtel. Il sait aussi combien il y a de cartes Chance et Caisse Commune, quelles sont les probabilités d'aller en prison quand on est sur Illinois, et combien il faut payer d'impôt sur le revenu si on possède 2 747 $.

Aujourd'hui, il travaille dans une banque. Au service des prêts hypothécaires. Le Monopoly l'a vraiment beaucoup marqué.

Quand il m'a offert ce jeu pour Noël, j'ai tout de suite compris qu'il l'avait acheté autant pour lui que pour moi, sinon plus. Si vos parents ressemblent un peu aux miens, j'imagine que je ne vous apprends rien en affirmant que c'est souvent le cas.

Ma mère ne jouait jamais au Monopoly quand elle était jeune. À l'école, elle détestait les mathématiques, mais elle adorait le français. Avec ses amies, elle jouait à la poupée. Aujourd'hui, elle enseigne en première année. Elle aimerait peut-être jouer à la poupée avec nous pour se rappeler son enfance, mais elle n'a jamais osé nous le proposer.

Ma mère n'est pas folle du Monopoly, mais elle est prête à tout pour *passer une soirée en famille*, comme elle dit chaque fois qu'elle prend place devant le jeu. Elle s'empresse évidemment d'ajouter que «l'important n'est pas de gagner», etc... Mon père dit la même chose en nous distribuant l'argent, et je vois déjà des étoiles briller dans ses yeux.

Jusque-là, tout va bien.

C'est quand la partie commence que les choses se corsent. Ma mère achète tous les terrains qu'elle peut, mais elle refuse d'y bâtir des maisons ou des hôtels. Pire encore : elle refuse de me faire payer le loyer si par malheur mon jeton arrive sur une de ses propriétés !

– Tu *dois* le faire payer, dit mon père en faisant les gros yeux. C'est le règlement.

– Pourquoi devrais-je faire payer un loyer à mon fils ? répond ma mère. C'est immoral !

– Mais c'est un *jeu* ! réplique mon père.

– Si tu veux jouer comme ça, je préfère aller lire un roman dans le salon. Je donne tous mes terrains et tout mon argent à Maxime. Y a-t-il un règlement qui m'empêche de donner quelque chose à mon fils ? Ce serait bien le comble !

Mon père ne répond pas, mais je vois bien qu'il devient tout rouge et qu'il grogne entre ses dents comme lorsqu'il perd aux cartes. Il continue à jouer avec moi pendant que ma mère lit au salon, mais il n'a aucune chance de gagner : j'ai deux fois plus d'argent que lui, et deux fois plus de terrains.

Une fois qu'il a perdu, mon père va s'installer devant le téléviseur en bougonnant, et il met le volume trop fort juste pour agacer ma mère.

Comme je n'ai plus rien à faire avant d'aller me coucher, je me plonge dans une bande dessinée, et je les entends bientôt qui reprennent la discussion.

– Maxime doit apprendre à perdre s'il veut devenir un homme! dit mon père. C'est en encaissant des coups qu'on devient plus fort.

– Nous ne vivons pas à l'âge de pierre, voyons! On ne se promène plus avec des massues pour assommer nos ennemis! Tu sauras que le travail d'équipe est de plus en plus valorisé, de nos jours. J'ai lu plusieurs études là-dessus à l'université, et elles disent toutes qu'il faut *coopérer* avec ses *partenaires* pour *partager* ses idées et pour développer une véritable *synergie*.

C'est plus fort qu'elle, vous avez dû le remarquer: lorsque ma mère utilise ses grands mots de l'université, elle ne peut s'empêcher d'insister sur chacun d'eux, comme si elle voulait qu'ils s'incrustent dans notre tête.

– Si tu voyais comment ça se passe à la banque, tu n'aurais pas une vision si angélique de la vie ! répond mon père. Il n'y a pas de massues, c'est vrai, mais tous les coups sont permis ! Dans la vraie vie, ce n'est pas si facile !

Je ne sais pas ce que vous en pensez mais, pour ma part, j'ai bien du mal à savoir qui a raison et qui a tort dans ce genre de débat.

Parfois, je pense que mon père exagère. J'essaie d'imaginer ce qui se passe vraiment à sa banque : les employés passent-ils leur temps à se battre et à se faire des crocs-en-jambe ? Les clients ont-ils des gants de boxe et les patrons des mitrailleuses ?

D'un autre côté, j'ai du mal à imaginer une partie de Monopoly sans gagnant ni perdant. Pour faire plaisir à ma mère, il faudrait jouer sans dés, sans argent, sans terrains et sans prison !

Ce que je trouve encore plus difficile à comprendre, c'est ce que mon père entend par *vraie vie*. S'il y a une vraie vie, c'est forcément qu'il en existe une fausse, non ? Faut-il attendre d'être adulte pour vivre dans la vraie vie ? Un adulte qui étudie à l'université est-il encore dans la fausse vie ? Ma mère est allée à l'université et travaille maintenant dans une école primaire. Fait-elle partie de la vraie vie ou de la fausse ?

Je poserai sûrement ces questions un de ces jours mais, ce soir, je n'ai pas envie de discuter avec eux. Pour le moment, je préfère me replonger dans ma bande dessinée, pour voir Astérix et Obélix donner une raclée à la légion romaine. Si j'en crois mon père, les soldats romains deviendront tous très forts, à force d'encaisser des coups !

Quand je termine ma lecture, mes parents n'ont pas encore fini leur discussion, loin de là ! Ils se disputent maintenant au sujet des bulletins scolaires. Mon père voudrait qu'il y en ait chaque mois, et qu'ils soient bourrés de chiffres, de graphiques et de moyennes. Ma mère souhaiterait au contraire qu'il y en ait le moins possible, et qu'ils ne contiennent que des commentaires positifs de la part des professeurs.

Je préfère aller me coucher plutôt que d'entendre ce débat pour la millième fois. Je me dirige vers la salle de bains, je fais ma toilette en prenant bien mon temps. Je ne suis pas trop surpris, en ressortant, de constater que mes parents sont *encore* en train de répéter les mêmes arguments.

Je m'apprête à passer tout droit quand j'entends malgré moi quelques mots qui me font dresser l'oreille.

Des mots étonnants. Des mots renversants.

Tenez-vous bien : imaginez-vous donc que ma mère – j'ai bien dit *ma mère* – vient tout juste de proposer de m'inscrire dans une équipe de hockey. Y a-t-il au monde un sport plus compétitif que le hockey ? Le plus bizarre, c'est que mon père, qui pourtant adore regarder le hockey à la télévision, n'est pas certain que ce soit une bonne idée !!!

C'est vraiment le monde à l'envers, non ?

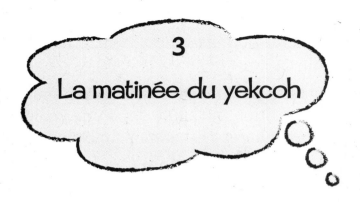

3
La matinée du yekcoh

Je comprends un peu mieux ce qui s'est passé quand Ricardo vient nous voir à la maison, le lendemain soir, pour nous parler de son équipe de hockey.

Ricardo est le frère de ma mère. Ils sont tous deux arrivés dans notre pays quand ils étaient très jeunes, mais ils sont nés dans un pays chaud, où personne ne joue au hockey. Ma mère m'a souvent répété qu'il n'y avait pas de patinoire dans son pays. Chez eux, tous les jeunes jouent au soccer dans la rue, et les parents sont trop occupés pour assister aux matchs. Ce qui explique bien des choses.

Mon oncle Ricardo est professeur d'éducation physique dans une école secondaire, et il est entraîneur bénévole d'une « équipe de hockey ».

Avant d'aller plus loin, je dois vous expliquer que Ricardo a une drôle d'habitude. Quand il veut nous montrer qu'il n'aime pas un mot qu'il emploie ou, à l'inverse, qu'il aime bien ce mot, il dessine des guillemets dans les airs avec ses doigts. C'est toujours très drôle de le regarder parler.

Assis à la table de la cuisine, il nous explique que son « équipe » n'est pas vraiment une « équipe », puisqu'il n'y a pas de « compétition » ni « d'adversaires ». Tous les joueurs sont des « partenaires ». Ils jouent « ensemble » dans le but de « s'amuser ». C'est vraiment une « toute nouvelle façon » de jouer au hockey : les mises en échec sont interdites et ceux qui ne font pas de passes à leurs amis ou qui comptent trop de buts risquent même d'être punis ! Il n'y a pas de « score final », ni de « classement », et encore moins de « séries éliminatoires ».

– Si je comprends bien, coupe mon père, tu voudrais que Maxime s'inscrive dans un club de « yekcoh » ?

Mon père a dessiné des guillemets imaginaires lui aussi, et je sens qu'il rit dans sa barbe.

Ricardo n'a pas compris le nouveau mot que mon père a employé, et il essaie d'imiter des points d'interrogation avec ses sourcils, sans trop y arriver. Moi, j'ai tout de suite deviné de quoi il s'agissait.

– Le « yekcoh », répète mon père plus lentement. Du hockey à l'envers, si tu préfères. Du hockey sans compétition, sans adversaires, sans score final… Ce n'est pas du hockey, ça, Ricardo, c'est du patin artistique.

Mon père est né ici, lui. Son père aussi, de même que son grand-père, son arrière-grand-père, son arrière-arrière-grand-père, et ainsi de suite depuis des siècles et des siècles. Il répète souvent que ce n'est pas à lui qu'on va faire passer du sirop de poteau pour du sirop d'érable, et il en est très fier. Ce n'est pas à lui non plus qu'on va faire passer un club de patinage artistique pour une équipe de hockey.

– Pourquoi ne pas organiser de vrais matchs? poursuit mon père. Il faut que les jeunes apprennent à perdre s'ils veulent devenir des gagnants.

– Ce n'est pas très logique, ce que tu dis là, réplique aussitôt ma mère. Moi, je pense que c'est une excellente idée d'inscrire Maxime dans cette équipe. La pratique d'un sport collectif est très importante pour le développement harmonieux de la personne. Cela permettra à notre fils de mieux *structurer* sa personnalité dans un *contexte relationnel*, ce qui l'amènera à *s'approprier des compétences sociales.*

– Et j'imagine que c'est moi qui devrai m'approprier la compétence de me lever à six heures le dimanche matin ? demande mon père d'un air désespéré.

– Nous irons ensemble, répond ma mère avec enthousiasme. Je n'ai jamais assisté à un match de hockey, mais je suis sûre que ce sera très intéressant ! Quand est-ce qu'on commence ?

– Bon, d'accord, finit par dire mon père d'un air résigné. On se revoit dimanche prochain à l'aréna. Au lieu de la « Soirée du hockey », ce sera la « Matinée du yekcoh » !

Le plus bizarre dans toute cette affaire, c'est que personne n'a jamais pensé à me demander si j'avais envie de me lever à six heures du matin pour expérimenter une nouvelle façon de jouer au hockey.

Si on m'avait laissé le choix, j'aurais sans doute préféré l'haltérophilie, ou l'escalade, ou l'escrime... N'importe quoi sauf le hockey, en fait. J'ai déjà joué quelquefois avec mes amis, mais je ne suis pas très doué pour le patin, et je n'aime pas vraiment les sports d'équipe.

Je suis quand même content d'y aller à cause de Raphaël.

Raphaël est le fils de Ricardo. Il a le même âge que moi, et son père m'a assuré qu'il fera partie de son «équipe de hockey» lui aussi. Je me suis aussitôt senti rassuré: si Raphaël est là, je suis sûr de m'amuser.

Je ne peux pas voir mon cousin très souvent parce que nous n'allons pas à la même école et qu'il habite loin de la maison, mais chaque fois que je vais chez lui, je trouve que le temps passe trop vite. Il est vraiment très drôle, et il est champion pour inventer de nouveaux jeux. Je suis certain que vous allez l'aimer, vous aussi.

Un jour, nous avons passé des heures à imiter son père, qui dessine toujours des guillemets dans les airs.

– Pourquoi s'arrêter là ? m'a-t-il dit. Pourquoi ne pas mimer les autres signes de ponctuation ?

Il a alors pris un livre, et il s'est mis à lire un texte à voix haute en imitant avec ses doigts les points d'interrogation et d'exclamation, les deux points et les points de suspension, les tirets et les points-virgules, les parenthèses et même les astérisques ! Il a poursuivi en remplaçant chacun des signes par une imitation de bruit électronique, et c'était tellement drôle que même son père riait avec nous.

Quelqu'un qui réussit à nous faire rire avec des signes de ponctuation mérite d'être mieux connu, non ?

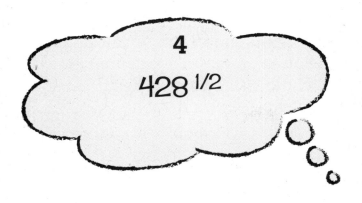

4

428 1/2

J'ai toujours pensé que l'objectif d'un joueur de hockey était soit de compter des buts, soit d'empêcher les adversaires d'en marquer. Je pensais aussi que le bâton était la seule partie de l'équipement vraiment indispensable au hockey. Je croyais enfin que ce sport se jouait sur une patinoire avec deux buts, et que c'était dans l'un ou l'autre de ces buts qu'il s'agissait de lancer la rondelle.

C'était avant de connaître les méthodes de Ricardo. C'est comme s'il voulait nous faire apprendre le hockey par petits morceaux : avant de jouer, selon lui, il faut d'abord maîtriser les techniques de base, et c'est à cela que servent les entraînements.

Pour nos premiers exercices, nous nous contentons de patiner en essayant de contourner des cônes en plastique jaune qui ressemblent à de grands chapeaux de sorcière, de freiner et de repartir, ou encore de patiner à reculons.

Je ne suis pas très bon pour ce genre d'exercices : presque tout le monde patine mieux que moi. Le plus lent de nous tous, c'est Raphaël. Il est si maladroit qu'il faut replacer tous les cônes après chacun de ses passages.

La plus rapide est une fille qui s'appelle Mégane. Un vrai bolide ! Elle est capable de tourner aussi vite des deux côtés, et elle réussit même à contourner des cônes en patinant à reculons.

Quand nous sommes fatigués de patiner, Ricardo nous permet de prendre nos bâtons et il nous enseigne les différents lancers. Il n'est pas question de tirer au but, cependant. Nous sommes tous placés face à la bande, et nous devons tenter d'imiter les gestes de notre entraîneur. Mon lancer préféré, c'est le revers : quand je place mon bâton de la bonne manière, je suis capable de soulever la rondelle. Avec un peu d'entraînement, j'arriverais même à la faire passer par-dessus la baie vitrée.

Le plus adroit avec le bâton s'appelle Mathieu. Il réussit des tirs frappés qui font tellement de bruit que les parents qui lisent leur journal dans les estrades sursautent à tous coups.

Il faut ensuite apprendre à faire des passes. C'est très difficile, surtout quand le joueur est en mouvement. Il faut envoyer la rondelle *en avant* de lui, mais pas trop. La meilleure de notre équipe est une fille, encore une fois. Elle s'appelle Paula, et elle est toute petite. Elle patine presque aussi mal que moi, mais elle est vraiment championne pour nous faire des passes magnifiques qui arrivent toujours directement sur la palette de notre bâton. Je ne sais pas comment elle fait ça. Moi, je rate presque toutes mes passes. Quand je les réussis, c'est par hasard.

Je pense que je ne deviendrai jamais un bon joueur de hockey, mais j'apprends des trucs intéressants, que personne ne m'avait jamais montrés. Ricardo est vraiment un bon instructeur. Il explique bien les mouvements à faire, et il nous encourage toujours quand nous ne réussissons pas du premier coup.

Cela peut paraître étrange, mais ce que je préfère, c'est le bruit: j'aime les *schlic schlic schlic* des patins sur la glace et le *poc* que fait la rondelle quand elle frappe la bande. Le plus beau bruit, c'est évidemment le *klonk* d'une rondelle qui frappe la tige de métal au fond du but. Toutefois, pour que nous entendions ce bruit, il faudrait que Ricardo se décide à installer des filets…

Je regarde parfois mes parents, dans les estrades, et ils ont l'air parfaitement indifférents à ce qui se déroule sur la patinoire. Mon père a le nez plongé dans un journal, et ma mère parle avec une autre mère.

Moi, je ne m'ennuie pas du tout. Quand la sirène sonne la fin de l'entraînement, je suis surpris que le temps ait passé si vite.

Après la séance, nous sommes invités à prendre le brunch chez mon oncle Ricardo, où nous attend ma tante Fatima. Elle aurait aimé venir nous voir jouer au hockey, mais elle doit rester à la maison pour prendre soin de son bébé.

J'espère que ces brunchs deviendront une habitude : Fatima travaille dans les cuisines d'un grand restaurant, et elle adore faire la popote. Aujourd'hui, elle nous sert des croissants chauds tout frais sortis du four, avec des confitures maison. Les joueurs de la Ligue nationale ne sont sûrement pas aussi bien traités !

Raphaël et moi laissons ensuite nos parents discuter dans la cuisine pour aller au sous-sol.

– Aimerais-tu jouer aux cartes ? me demande Raphaël.

– Pourquoi pas ?

– Sais-tu jouer au 428 ½ ?

– Je n'ai jamais entendu parler de ce jeu-là !

– Je vais te montrer. Tu vas voir, c'est très facile…

Il mêle les cartes, puis il les distribue : il en prend huit pour lui, m'en donne quatre, et place le reste en trois paquets au centre de la table. Deux des paquets sont à l'endroit, et l'autre est à l'envers.

– Commence ! m'ordonne-t-il.

– … Comment veux-tu que je commence si je ne connais pas les règles ?

– Moi non plus je ne les connais pas. C'est ça l'idée : on les invente au fur et à mesure.

Comme je ne suis pas bien sûr de comprendre ce qu'il attend de moi, je fais n'importe quoi.

– J'ai une paire de neuf…

– Zut ! me répond-il d'un air vraiment déçu. Je suis obligé de piger six cartes dans la maison de la vieille sorcière.

Au lieu de piger six cartes, il en prend trois dans un des paquets qu'il a posés au centre de la table, et il les place à l'envers dans son jeu.

Je commence à comprendre : il s'agit de raconter n'importe quoi, du moment que cela *ressemble* à une partie de cartes... Essayons quelque chose...

– Je tierce ma frime, dis-je en déposant un valet sur la table, et j'alterne avec un roi !

– Oh ! oh ! s'exclame-t-il en prenant un air très sérieux, comme si j'avais réussi quelque chose de vraiment étonnant. Toutes mes félicitations ! Quelle audace ! Mais attends un peu de voir ma réplique : je zibute les sept, je catoque avec un valet de trèfle et je permute les liaisons. Qu'est-ce que tu dis de ça ?

– Dans ce cas, je ferme la porte de la maison de la sorcière avec un huit de carreau, et je cache ses clés dans la cave.

Plutôt débile comme jeu, non? Je n'ai jamais ri autant en jouant avec mes parents! En plus, j'ai gagné: j'ai réussi un chelem asticoté par les huit!

– C'est la chance du débutant, me dit Raphaël d'un air dépité. Heureusement que cette partie ne comptait pas pour le tournoi. On en fait une autre? Cette fois-ci, je ne te laisserai aucune chance.

– Certainement! Je suis peut-être un mauvais patineur, mais aux cartes, j'apprends vite. Qu'est-ce que tu dirais d'essayer la variante russe?

J'apprends tellement vite que j'invente un autre jeu le jour même. C'est un jeu absolument gratuit, qui ne nécessite ni piles ni accessoires, et qui ne demande pas de compétence particulière. Un jeu propre, sécuritaire, sans calories ni mauvais cholestérol. On peut s'y livrer partout: à la maison, dans l'auto, au magasin, vraiment partout. La seule condition, c'est d'avoir deux parents qui aiment discuter.

Le plus merveilleux, dans ce jeu, c'est que les participants n'ont même pas besoin de savoir qu'ils sont en train de jouer! Si vos parents sont tellement occupés qu'ils prétendent ne jamais avoir de temps pour jouer avec vous, c'est la solution parfaite!

Laissez-moi vous raconter comment j'ai eu cette idée.

– As-tu remarqué comme la petite Mégane patine vite? a demandé ma mère à mon père quand nous sommes rentrés à la maison après le brunch. Une vraie fusée! C'est la plus rapide de tous, et de loin!

– Tiens, tiens! a répondu aussitôt papa avec un sourire narquois. Et moi qui croyais que la compétition n'était pas une bonne chose.

Ma mère a rougi un peu, elle a haussé les épaules, mais elle n'a rien dit.

Mon père aussi est resté silencieux, mais je le voyais se trémousser dans son siège, tout fier de son coup. Je savais bien ce qu'il pensait: cette fois, c'est lui qui avait eu le dernier mot!

Assis sur la banquette arrière, j'étais très content moi aussi, mais pour une autre raison: je venais d'assister au tout premier match officiellement homologué du nouveau jeu à la mode, le Dernier Mot®.

Pour le moment, c'est mon père qui mène 1 à 0.

Saura-t-il remporter la prochaine bataille ? Les paris sont ouverts !

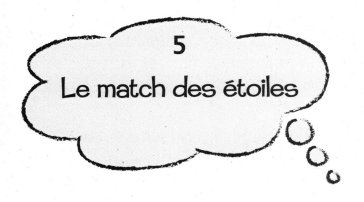

5
Le match des étoiles

Aujourd'hui, grande nouveauté : nous avons un véritable gardien de but avec jambières, gants, plastron, casque, etc. Le seul ennui, c'est que cet attirail est tellement lourd que notre cerbère arrive à peine à bouger. Même s'il y arrivait, cela ne changerait pas grand-chose : Raphaël n'est pas plus doué à cette position qu'à l'avant.

Je ne sais pas si Ricardo a eu une bonne idée de confier ce poste à son fils mais, pour nous, c'est très amusant. Raphaël laisse passer tous nos tirs, même les plus faibles. Du moment que la rondelle part en direction du filet, nous sommes presque sûrs de compter.

Raphaël n'a pas l'air de s'en plaindre, au contraire: il fait semblant d'être un commentateur à la télévision et il s'écrie «C'est le but!» chaque fois que nous marquons contre lui. Pour ne pas être en reste, nous applaudissons à tout rompre quand il réussit, par miracle, à effectuer un arrêt.

Une fois notre gardien bien échauffé, Ricardo nous réunit au centre de la patinoire et nous propose de nous séparer en deux «équipes» pour disputer un «match». (C'est vraiment étrange de le voir dessiner des guillemets avec des gants de hockey. On pourrait presque parler de guillemets majuscules!)

– N'oubliez pas que nous jouons seulement pour nous amuser, répète

Ricardo. Il ne s'agit pas de compter plus de buts que notre « adversaire », mais de mettre en pratique nos habiletés dans des situations de jeu.

– Est-ce que je peux vous poser une question, monsieur ? demande Mélissa.

– Bien sûr...

– Comment pouvons-nous former deux équipes si nous n'avons qu'un seul gardien ?

– Eh bien, nous mettrons un cône de plastique devant l'autre but, pour faire un obstacle. Je vous rappelle une fois de plus que l'important n'est pas vraiment de marquer des buts, mais de s'amuser. Et maintenant, formons les équipes : je suggère que tous ceux qui ont des numéros pairs se regroupent autour de Raphaël...

– C'est injuste, monsieur! s'exclame Philippe, qui porte le numéro huit.

Ceux qui vont jouer du côté du cône ont bien plus de chances de gagner. Je veux jouer dans l'équipe du cône!

Tout le monde rigole, même Raphaël.

– Ne vous inquiétez pas pour moi, dit-il. Je réserve mes meilleures «performances» pour les vrais matchs.

Les joueurs rient encore plus, surtout que Raphaël nous a fait des guillemets de géant avec ses gants de gardien.

Nous voici donc divisés en deux équipes, et Ricardo s'apprête à faire la mise au jeu. Il demande à Raphaël s'il est prêt, et celui-ci répond d'un hochement de tête. Il demande ensuite au cône s'il est prêt, mais celui-ci ne répond pas.

Sans attendre, notre instructeur lance la rondelle sur la glace et le match commence. Mégane s'empare de la rondelle et file en direction du filet adverse. Alexandre essaie de patiner à reculons pour l'empêcher de s'approcher, mais il rate son pivot et tombe à la renverse. Mégane se retrouve seule devant le cône, qu'elle déjoue habilement pour marquer un but. L'équipe de Raphaël mène par 1 à 0.

Dans la séquence suivante, le jeu se déroule si longtemps autour de Raphaël que j'ai le temps d'aller me poster à l'embouchure du filet, où je reçois une magnifique passe de Paula. Je réussis un de mes fameux lancers du revers, dirigeant la rondelle... directement dans le gant de Raphaël! Je pense qu'il est encore plus étonné que moi d'avoir fait cet arrêt.

Son père est tellement surpris lui aussi qu'il en oublie de siffler l'arrêt du jeu! Dans les estrades, les parents applaudissent à tout rompre, et Raphaël fait une révérence pour les remercier.

Le moment est maintenant venu d'aller me reposer sur le banc pour laisser la place à d'autres joueurs. J'en profite pour observer les parents dans les estrades: depuis que le match est commencé, plus personne n'a le nez dans son journal. On entend des «Oh!» et des «Ah!» chaque fois que Mégane patine à toute vitesse, que Mathieu décoche un de ses lancers foudroyants ou qu'un autre joueur tente une passe. C'est tout juste s'ils n'applaudissent pas le cône quand il réussit un arrêt.

À ma grande surprise, ma mère crie aussi fort que les autres, et même un peu plus.

– Vas-y, Simon! Bel arrêt, Raphaël! Belle mise au jeu, Ricardo!

Mon père lève les yeux au ciel: depuis quand applaudit-on un arbitre parce qu'il a fait la mise au jeu?

Quand la sirène annonce la fin de la partie, le temps a encore filé trop vite, bien plus vite que d'habitude.

À la surprise générale, c'est l'équipe de Raphaël qui a remporté la victoire, au compte de 5 à 4.

Tous les joueurs se serrent la main au milieu de la patinoire, et Raphaël nous fait bien rigoler, encore une fois, en allant chercher le cône pour que chacun puisse le féliciter.

– C'est toi qui mérites la première étoile, mon vieux, dit-il en le brandissant dans les airs comme s'il s'agissait d'un trophée.

Dans les estrades, les parents ont l'air ravis du spectacle. Ils n'en finissent pas de nous applaudir.

Mon père semble particulièrement heureux d'avoir pu assister à un vrai match. Je le vois parler avec ma mère et, même si je ne peux pas entendre ce qu'il dit, j'ai l'impression que le score est maintenant de 2 à 0 pour lui dans leur partie de Dernier Mot®.

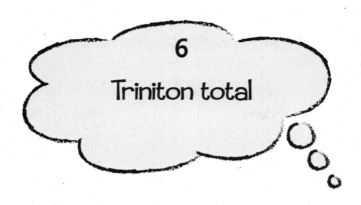

6
Triniton total

Nous nous entraînons maintenant depuis deux mois, et tout va très bien.

Depuis que nous nous livrons à des « matchs amicaux », mon père ne se plaint plus d'avoir à se lever avant le soleil, le dimanche matin. Il a même acheté des patins et il vient aider Ricardo pour les entraînements. Il est assez drôle à voir aller sur une patinoire : ses ancêtres lui ont peut-être montré à différencier le sirop de poteau du sirop d'érable, mais certainement pas à patiner.

Peut-être va-t-il devenir meilleur lui aussi, à force de jouer avec nous.

Si je compare avec le début de la saison, je n'en reviens pas des progrès que j'ai réalisés. Je patine deux fois plus vite et j'arrive même à le faire à reculons. Je réussis beaucoup mieux mes passes. Mes lancers ne sont pas tellement plus puissants, mais ils gagnent en précision. Dans les petits matchs que nous organisons à la fin des entraînements, j'aime bien jouer à la défensive. Je sais garder ma position et je ne prends jamais de risque inutile. Dans la zone offensive, je passe toujours la rondelle à un de mes coéquipiers.

Même si je m'améliore, je dois cependant admettre que les autres joueurs s'améliorent bien plus rapidement que moi. Ma mère me répète toujours qu'il ne faut pas me comparer aux autres, mais c'est difficile de faire autrement quand tout le monde file comme des fusées autour de moi. Le seul que j'arrive à dépasser, c'est Raphaël.

N'empêche, j'aime de plus en plus nos entraînements du dimanche matin.

Toutefois, ce que je préfère par-dessus tout, c'est l'après-match, quand Paula vient s'asseoir près de moi, dans le vestiaire. Je ne sais pas pourquoi, mais chaque fois, mon cœur bat un peu plus vite. Il faut dire qu'elle est vraiment jolie, surtout quand elle enlève son casque et qu'elle détache ses longs cheveux.

Il faut que je fasse attention de ne pas trop la regarder, sinon je ferais rire de moi.

– Pas de brunch aujourd'hui! m'annonce mon père quand nous montons dans l'auto. Tous les parents ont été convoqués au centre des loisirs pour une réunion spéciale. Il faudra que tu trouves le moyen de passer le temps en attendant, Maxime. Ce ne devrait pas être très long, rassure-toi.

Ce ne devrait pas être très long!!! Celle-là, c'est la meilleure! Une réunion de parents, c'est *toujours* trop long! Si *deux* parents ont du mal à s'entendre, imaginez un peu ce qui se passe quand vous en réunissez *une trentaine* dans une même salle! Chacun répète les mêmes arguments pendant des heures, personne n'écoute ce que les autres ont à dire, et le tout se termine par des chicanes. Si vous connaissez quelque chose de plus pénible qu'une réunion de parents, écrivez-moi. Vous pourriez peut-être gagner quelque chose... (Attention, j'ai bien dit *peut-être*! Ma mère serait tout à fait contre l'idée d'un concours puisque, selon elle, vous devriez m'écrire par *solidarité* ou par *altruisme*, ou alors pour partager vos connaissances dans un *champ de compétences* particulier. Par contre, je suis sûr que mon père adorerait l'idée de faire tirer un prix.)

Quelques instants plus tard, nous sommes réunis dans une grande salle. Tous les joueurs de l'équipe sont là, et presque tous les parents. Ricardo prend la parole pour nous annoncer une importante nouvelle.

– Vous connaissez tous ma philosophie, commence-t-il. Les enfants doivent s'amuser avant tout, mais ils doivent aussi apprendre des valeurs importantes, comme l'esprit d'équipe, le dépassement de soi et la communication interpersonnelle. Nous ne voulons pas développer l'agressivité entre « rivaux », mais le développement harmonieux de la personne dans un contexte propice à l'épanouissement...

– Ce sont d'excellents principes ! s'exclame ma mère. Nous sommes tous d'accord ! Bravo, Ricardo !

Tout le monde applaudit pour l'appuyer, et moi je suis très content : c'est vraiment agréable d'entendre une petite foule applaudir sa mère.

– Vous savez à quel point ces principes sont sacrés pour moi, reprend Ricardo. Je ne ferai jamais de « compromis » là-dessus. Jamais ! L'important, je le répète, est que les enfants s'amusent dans une ambiance non violente et non compétitive afin que les multiples facettes de leur personnalité s'épanouissent au maximum. Cela étant dit, si je vous ai convoqués aujourd'hui, c'est que j'ai reçu une demande exceptionnelle de la part de l'instructeur d'une équipe de hockey du service des loisirs, qui voudrait jouer une partie hors-concours contre nos jeunes. Cet entraîneur est un bon ami et il m'assure que nous jouerons selon mes principes du hockey «équitable». Nous jouerons quand même un véritable «match», avec de vrais arbitres.

– Il n'en est pas question! intervient aussitôt le père d'Élise. Nos enfants peuvent très bien continuer à jouer entre eux. Je n'ai pas envie de voir ma fille jouer contre des débiles. J'ai choisi votre équipe pour qu'elle s'épanouisse, pas pour qu'elle s'abrutisse.

– Ce n'est pas en traitant les autres de débiles que nous favoriserons des rapports harmonieux entre les personnes, persifle la mère de Mathieu.

– Avez-vous déjà assisté à une partie de hockey du service des loisirs, madame? réplique le premier parent.

Ricardo interrompt la discussion. Selon lui, ce match lui fournira une excellente occasion de prouver que ses méthodes donnent d'aussi bons résultats que les méthodes tradition-nelles, et peut-être même meilleurs... Mais personne ne l'écoute.

Imaginez 30 parents réunis dans une salle, qui essaient de jouer au Dernier Mot®! Le résultat est une cacophonie tellement indescriptible que je ne tenterai même pas de la décrire, surtout qu'il se passe quelque chose de bien plus intéressant dans un coin de la salle...

Pendant que les parents se disputent, les joueurs se sont réunis autour de Paula, qui nous montre une balle de tennis qu'elle avait dans sa poche.

– Ça vous tente d'aller jouer dehors? nous propose-t-elle.

Bien sûr que oui! N'importe quoi plutôt que d'entendre des discussions de parents!

Dix minutes plus tard, nous avons inventé un nouveau jeu qui s'appelle le *Tenhockerball* : il se joue sur un terrain qui n'a pas vraiment de limites, les buts sont faits de blocs de neige et il faut frapper une balle de tennis avec ses pieds, comme au soccer, mais en suivant les règlements du hockey… Du moins, quand nous avons envie de suivre des règlements. La plupart du temps, ils ressemblent plutôt à ceux du 428 ½ !

Le plus amusant, c'est la façon de compter les points. Chaque joueur qui marque un but a le droit d'annoncer que le score est de 73 à 13, ou 165 à 0, ou n'importe quoi : personne ne se souvient des chiffres précédents de toute façon. Il peut aussi annoncer que le prochain but vaudra 2 000 000 de points à condition que ce soit lui qui le marque, mais rien du tout si c'est un adversaire, ou tout ce qui lui passe par la tête du moment que c'est un peu drôle.

Le meilleur de notre équipe pour inventer de nouveaux chiffres, c'est Raphaël, évidemment. Tout à coup, il déclare que l'arrêt qu'il vient de réaliser vaut TRINITON TOTAL.

– Qu'est-ce que ça veut dire ? demande Paula.

– TRINITON TOTAL, répond Raphaël, c'est un chiffre tellement gros qu'on l'apprend seulement à l'université, et tellement important qu'il s'écrit toujours avec des majuscules. Il vaut toujours un de plus que le nombre de buts de notre adversaire. Celui qui le dit le premier gagne, et personne n'a le droit de dire «TRINITON TOTAL plus un». C'est le règlement.

– Dans ce cas, annonce Paula, je déclare que mon prochain but vaudra TRINITON TOTAL plus deux !

– Trop tard ! réplique Raphaël. C'est la fin du collet !

– *La fin du collet???*

– S'il y a des *manches* au baseball, pourquoi n'y aurait-il pas des *collets* au Tenhockerball? Je propose qu'il y ait 12 collets par match, et que chaque collet dure aussi longtemps que nous le voulons.

Raphaël est peut-être le pire gardien de but du monde, mais c'est sûrement le champion pour inventer des règlements débiles.

Pendant une pause entre les deux collets, il nous décrit une compétition imaginaire de Tenhockerball aux Jeux olympiques: aujourd'hui, les États-Unis affrontent la Russie et le Japon en même temps, mais c'est le Canada qui invente les règlements!

Tout le monde rit de ses blagues, surtout Paula, qui semble trouver mon cousin vraiment très drôle.

Elle a raison, bien sûr, ce qui n'empêche pas que je me sens un peu jaloux.

Deux heures plus tard, la réunion des parents est enfin terminée et ceux-ci viennent nous chercher dans la cour.

– La décision est prise, m'annonce fièrement mon père. La semaine prochaine, nous jouerons un vrai match. Je suis sûr que nos joueurs vont se développer bien plus rapidement.

– Je ne suis toujours pas convaincue que c'est une bonne idée, dit ma mère.

Pour savoir lequel des deux aura le dernier mot cette fois-ci, il faut lire le prochain chapitre!

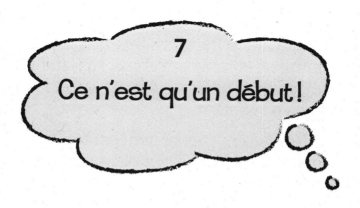

7

Ce n'est qu'un début !

Aucun des parents ne plonge le nez dans son journal quand nous patinons en rond pour nous échauffer, avant le début de la partie. Mieux encore, ils nous applaudissent ! La seule qui n'applaudit pas, c'est ma mère : elle est trop occupée à se ronger les ongles.

Mon père est derrière le banc des joueurs. Il aura la responsabilité des défenseurs, pendant que Ricardo s'occupera des changements de trios d'attaque. Promu instructeur adjoint, mon père est fier comme un coq. Je pense même qu'il n'a pas dormi de la nuit. Pour le moment, il n'a pas vraiment le temps de nous applaudir lui non plus, puisqu'il doit resserrer les lacets de Mégane.

Nos adversaires sautent sur la glace, au son des cloches et des trompettes tonitruantes de leurs parents. On se croirait à un match professionnel! Ils entonnent même une chanson pour encourager leurs joueurs et, quand l'arbitre nous invite au centre de la patinoire pour la mise au jeu, ils font la vague!

Décontenancés, nos parents essaient de répliquer en applaudissant un peu plus fort, mais c'est à peine si nous les entendons.

Quand les parents de nos adversaires finissent par se calmer, le père de Simon se met à scander: «Ce n'est qu'un début, continuons le combat!», et bientôt tous les parents de notre équipe reprennent la phrase en chœur.

Les partisans de l'autre équipe en restent bouche bée, et moi aussi.

Même l'arbitre n'en revient pas : c'est la première fois qu'il entend cela dans un aréna, confie-t-il au juge de lignes, et Dieu sait qu'il croyait avoir tout entendu.

Les partisans de l'autre équipe se ressaisissent rapidement et ils redoublent d'ardeur à la trompette. Si je comprends bien, les parents sont capables d'inventer de nouveaux jeux, eux aussi : ils se livrent à une compétition de Dernier Mot® en équipe. S'ils continuent, ils seront plus fatigués que nous à la fin de la partie !

Laissons-les à leurs jeux et intéressons-nous plutôt à ce qui arrive sur la patinoire : le juge de lignes vient de laisser tomber la rondelle. Le vrai match commence.

Un de nos « adversaires » s'est emparé de la rondelle et il avance vers moi. J'essaie de patiner à reculons, mais il réussit à glisser la rondelle entre mes jambes, à me contourner et à la reprendre derrière moi! Il se présente seul devant le gardien et décoche un tir puissant... qui frappe le dessus de la tige horizontale et dévie dans les estrades. Ouf!

– Qu'est-ce qui s'est passé? me demande Raphaël après que l'arbitre a sifflé l'arrêt de jeu. J'ai eu tellement peur quand je l'ai vu s'élancer que je me suis fermé les yeux...

– Tu couvrais tellement bien tes angles qu'il a été obligé de tirer trop haut. Tu ne lui as laissé aucune chance.

– C'est sûrement ça! Et comme tu le talonnais, il a dû précipiter son geste...

– Peut-être aussi qu'il a été intimidé par ta réputation de meilleur gardien au monde...

Ce n'est plus le temps de jouer à qui dit le plus gros mensonge: la mise au jeu a lieu à gauche de Raphaël. Le juge de lignes laisse tomber la rondelle. Nos «adversaires» se mettent aussitôt à bourdonner autour du filet en se faisant des passes étourdissantes. Trente secondes plus tard, un de leurs joueurs se retrouve encore une fois seul devant notre gardien. Il s'élance pour effectuer un lancer frappé mais Raphaël, guidé par ses réflexes, étend son bras au maximum pour protéger le coin supérieur droit du filet. C'est un geste magnifique qui lui aurait sûrement valu de réussir un arrêt extraordinaire si seulement l'autre avait bien voulu lancer la rondelle au bon endroit. Seulement, il ne l'a pas lancée dans son gant, mais dans la partie inférieure gauche...

1 à 0!

Du côté des parents de nos «adversaires», c'est le délire: ils se sont dressés en bloc, les bras dans les airs, comme s'ils voulaient imiter de grands arbres bercés par le vent. Notre éducatrice nous faisait souvent faire ce genre d'exercices, en maternelle, mais c'est la première fois que je vois des adultes en faire autant.

De notre côté des estrades, c'est plutôt tranquille.

Ricardo a l'air un peu découragé, mais je ne sais pas s'il est déçu de l'allure du match ou décontenancé par l'attitude des parents, qui semblent n'avoir jamais entendu parler des principes du hockey « équitable ».

Nous nous retrouvons au centre de la patinoire pour une nouvelle mise au jeu, que nous perdons encore une fois. Le joueur de centre adverse file vers notre territoire, il me déjoue d'une feinte habile (la même que tout à l'heure) et se présente seul devant le gardien. Il s'élance, Raphaël ferme les yeux... et le compte est maintenant 2 à 0.

Les parents de nos rivaux applaudissent, mais un peu moins fort cette fois-ci. Certains semblent se désintéresser de la partie et discutent entre eux. J'en vois même qui ouvrent leur journal.

De notre côté, c'est le calme plat.

Nos instructeurs décident de changer tous les joueurs, ce qui modifie l'allure de la partie.

Ricardo a l'idée de former un trio avec Mégane, Mathieu et Paula. Un véritable coup de génie ! Paula n'est pas rapide, mais elle est très habile avec la rondelle. Elle remporte la mise au jeu et passe aussitôt la rondelle à Mégane, qui file comme un bolide dans la zone adverse et redonne la rondelle à Paula, qui va s'installer derrière le but adverse. Mathieu, qui patine beaucoup plus lentement, en profite pour aller se poster à l'embouchure du filet. Paula lui fait une de ses passes savantes, Mathieu tire de toutes ses forces... mais le gardien réussit à faire un arrêt miraculeux en étendant la jambe au dernier moment. Le tir de Mathieu était tellement puissant que la rondelle a fait un bruit sourd en frappant la jambière, un magnifique *boum!* qu'on a dû entendre jusqu'en haut des estrades.

Nous n'avons pas marqué sur cette séquence, mais c'est tout de même très encourageant. Nos adversaires devront maintenant se méfier de nous.

Nos parents sont fous de joie... pendant quelques instants. À la reprise du jeu, nos adversaires réussissent un autre but, et celui-ci est particulièrement atroce : un joueur de l'équipe adverse a simplement tenté de dégager son territoire, et la rondelle s'est rendue lentement jusque dans notre zone. Si Raphaël ne l'avait pas touchée, elle serait passée à côté du but. Malheureusement, il a tenté de l'arrêter, elle a dévié sur son bâton et elle a glissé tout doucement derrière la ligne rouge.

Du côté des parents de nos adversaires, personne n'a applaudi quand le tableau d'affichage a indiqué que le compte était 3 à 0.

Curieusement, nos parents se sont manifestés davantage.

– L'important, c'est de participer! nous a crié le père de Philippe.

– On ne lâche pas! a ajouté un autre.

– Vous avez de beaux chandails! a crié ma mère.

Raphaël réussit à nous faire rire en proposant que le cône vienne prendre la relève comme gardien de but, mais je devine que lui-même rit un peu jaune. Raphaël est peut-être le pire gardien du monde, mais cette réalité ne doit pas l'empêcher de rêver qu'il est le meilleur au monde, lui aussi.

Je ne sais pas ce qu'en diraient mes parents (je préfère ne pas le leur demander!), mais je pense que tout le monde rêve d'être champion dans tous les domaines, même si c'est impossible. Si tous étaient champions, il n'y aurait plus de champions! La seule façon de se distinguer des autres serait d'être champion de rien, mais qui voudrait être le champion de rien?

Je ne vais pas vous raconter toute la partie, soyez sans crainte. Je veux quand même que vous sachiez que le score final n'a pas été aussi catastrophique que le début de la partie l'aurait laissé présager. Nous avons eu un regain de vie à la deuxième période, et Mégane a réussi à compter un but en s'emparant d'un retour de lancer. En troisième, nous avons réussi à compter deux fois. Mieux encore, Raphaël a réussi au moins six arrêts, dont trois étaient volontaires. Le dernier était même si spectaculaire que les parents des deux équipes l'ont applaudi à tout rompre.

Lui-même n'en revenait pas.

– J'espère qu'il y avait des éclaireurs de la Ligue nationale dans les estrades! m'a-t-il dit. Je serai sûrement repêché au premier tour…

Il faisait des blagues, comme d'habitude, mais il était vraiment heureux.

Son père aussi semblait bien content. Quand il a annoncé le changement de trio suivant, on sentait qu'il avait comme un chat dans la gorge.

Si nous avions été dans un film américain, notre équipe se serait alors découvert des forces insoupçonnées et le vent aurait tourné. Raphaël aurait tout bloqué, j'aurais compté le but victorieux, la foule nous aurait acclamés et Paula serait venue m'embrasser. Mais nous ne sommes pas dans un film...

La marque finale a été de 11 à 3. Ce n'est quand même pas si mal, pour un premier match.

De mon côté, je pense avoir fait mon possible pour aider mon équipe. Je n'ai pas marqué de but, mais j'ai bien gardé ma position, j'ai passé la rondelle aussi souvent que possible à nos attaquants et j'ai tout fait pour empêcher nos adversaires de compter. Le temps a passé très vite encore une fois mais, pour dire la vérité, je n'ai pas aimé jouer devant tous ces parents qui épient le moindre de nos gestes et qui crient aussitôt qu'on touche à la rondelle : « Lance ! », « Patine ! », « Avance ! », « Recule ! », « Dégage ton territoire ! », « Lève la tête ! ». Je sais bien qu'ils essaient de nous aider, mais moi, ils me paralysent. Plus ils crient, plus je deviens mélangé. Je ne sais jamais si j'ai fait le bon geste, et je suis porté à prendre de mauvaises décisions.

Mon père a peut-être raison de prétendre que certains joueurs jouent mieux dans de réelles parties devant une foule, mais ce n'est pas vrai pour tous. Dans mon cas, ce serait plutôt le contraire: je suis à mon meilleur quand il n'y a personne dans les estrades.

L'idéal, ce serait de jouer avec les règlements du Tenhockerball. Il suffirait de dire TRINITON TOTAL pour gagner!

Il faudrait expliquer les règlements aux parents, mais j'ai peur qu'ils ne comprennent pas. À mon avis, ils n'ont rien compris au hockey « équitable ». Pour eux, il n'existait plus que deux équipes qui s'affrontaient pour gagner, le tout sans guillemets.

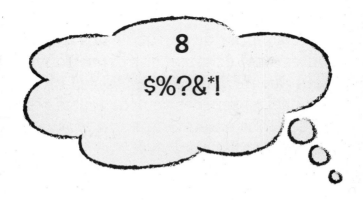

8
$%?&*!

La semaine suivante, nous avons eu droit à une partie de revanche... Et quelle revanche! Laissez-moi vous raconter le début du match, cela en vaut la peine.

Ricardo a réuni Paula, Mathieu et Mégane sur un même trio, et ils ont marqué dès la première minute! C'est Paula qui a compté le but cette fois-ci, en s'emparant d'un retour de lancer. J'étais vraiment très content pour elle, et j'ai été le premier à aller la féliciter. Je ne suis peut-être pas aussi drôle que Raphaël, mais peut-être appréciera-t-elle que je me montre attentionné.

À la reprise du jeu, un de nos adversaires s'est échappé et s'est retrouvé seul devant Raphaël. Il s'est élancé, Raphaël a fermé les yeux de toutes ses forces tout en étendant son bras, au cas où... et il a fait l'arrêt!

Encouragé par sa performance, j'ai réussi à mon tour un jeu spectaculaire... bien malgré moi. Un joueur de l'équipe adverse a essayé de dégager son territoire, mais j'ai bloqué le disque juste sur la ligne bleue.

«Lance au filet!» a aussitôt crié mon père. «Passe la rondelle à Alexandre!» m'a conseillé Ricardo. «Prends ton temps!» a dit un autre parent. «Fais attention!» a hurlé un quatrième. «Garde la tête haute!» a ajouté un cinquième. «Foncez sur lui! Il ne sait pas patiner!» a dit un spectateur qui devait faire partie de l'autre camp. J'étais un peu mélangé, mais j'ai tout de même essayé de tirer le plus fort possible en direction du but. J'ai totalement raté la cible, mais la rondelle s'est frayé un chemin entre cinq ou six paires de patins pour se retrouver directement sur la palette du bâton de Simon, qui n'a eu qu'à la glisser derrière le gardien.

J'avais réussi une passe parfaite sans le savoir!

Quand je suis retourné au banc, tout le monde m'a félicité en me tapotant les épaulettes. «Quelle belle passe!» a dit mon père. «Tu as pris la meilleure décision! Bravo!» a approuvé Ricardo. Toutefois, le compliment qui m'a le plus réjoui est venu de Paula: elle m'a dit qu'elle n'avait jamais réussi un aussi beau jeu de toute sa vie. Heureusement que j'avais un casque, sinon on m'aurait vu rougir jusque dans les estrades.

Le compte était maintenant de 2 à 0!

Nos « adversaires » ont fait tout ce qu'ils pouvaient pour remonter la pente, mais sans succès. On aurait dit qu'il y avait un bouclier invisible autour du but de Raphaël et que tous les lancers rataient la cible, ou alors qu'ils étaient arrêtés par un de nos défenseurs qui se jetait sur la glace pour protéger son gardien. Je me suis jeté sur la glace quelques fois, moi aussi… mais je dois dire que ce n'était pas toujours volontaire.

À la fin de la première période, Philippe avait ajouté un autre but et le compte était de 3 à 0 !

Nos parents n'en revenaient pas, et ceux de nos « adversaires » encore moins !

C'est à ce moment-là que les choses ont commencé à se gâter.

Je ne parle pas ici de la partie de hockey elle-même, qui s'est terminée au compte de 6 à 5 pour nous.

Je parle de ce qui s'est passé dans les estrades.

Si vous avez déjà assisté à une partie de hockey, vous savez sûrement ce que je veux dire. Les parents, en pareilles circonstances, ont souvent des comportements plutôt gênants.

Peut-être y avait-il de l'orage dans l'air ce jour-là, ou alors ils avaient mis trop de sucre dans leur café (les parents sont très sensibles au sucre). Peut-être aussi avaient-ils mal dormi (il faut se méfier du parent qui ne dort pas). Toujours est-il qu'ils se sont comportés comme des imbéciles.

C'est le père de Paula qui a ouvert le bal quand il a protesté contre la décision d'un arbitre. «Va t'acheter des lunettes, espèce de %?$#@!» a-t-il crié.

Un parent de l'autre équipe lui a aussitôt répondu d'aller lui-même s'acheter des lunettes et d'ajouter à sa commande des verres de contact, des jumelles et des longues-vues. Il proposait même de lui offrir des bons de réduction et de lui payer un billet d'autobus pour y aller.

Les parents de nos « adversaires » ont ri, mais le père de Paula était encore plus en colère. Il a répliqué en ajoutant d'autres @#$%?&.

Ma mère a alors essayé de se dissocier du père de Paula en criant que les handicapés visuels avaient autant le droit que les autres d'officier comme arbitres, mais je ne crois pas qu'elle ait beaucoup aidé sa cause.

Je ne sais pas trop ce qui s'est passé dans les estrades par la suite, parce que j'ai dû me concentrer sur la partie, mais les choses ne se sont pas arrangées, au contraire.

Au début de la troisième période, tout le monde criait en même temps, et ce n'était pas pour faire des blagues.

Tout ce que j'espérais, c'était que la partie finisse avant qu'ils commencent une partie de Dernier Mot Extrême®.

Le pire, c'est que tous ces parents voulaient que leurs enfants jouent au hockey «équitable» et sans «compétition»!

Il faut se rendre à l'évidence: les parents peuvent être raisonnables quand ils sont seuls. Deux parents, c'est trois fois plus de problèmes. Trente parents qui se réunissent pour parler de leurs enfants, c'est un million de fois plus de problèmes. Et 100 parents réunis dans un aréna, c'est TRINITON TOTAL fois plus de problèmes!!!

Si vous avez des parents vous aussi, écoutez bien mon conseil amical: ne les emmenez *jamais* dans un aréna, sinon vous risquez d'être *très* déçus.

Heureusement que Fatima nous avait préparé des croissants aux amandes et au chocolat. Ils nous ont consolés du triste spectacle auquel nous venions d'assister.

– Vous êtes vraiment bizarres, a fait remarquer ma tante quand nous lui avons raconté la partie. Vous avez gagné et vous êtes malheureux !

– Si tu avais vu comment les parents se sont comportés, tu comprendrais mieux, a dit Ricardo. Je n'ai jamais vu une pareille bande de sauvages !

– Je ne veux plus jamais que mon fils retourne jouer au hockey, a annoncé ma mère. C'est fini ! FI-NI !

Mon père a bien essayé de leur faire comprendre que les parents n'étaient pas vraiment méchants, qu'ils s'étaient un peu laissés emporter et qu'il ne fallait pas prendre leurs propos à la lettre, mais il n'a pas eu de succès. C'est difficile d'être convaincant quand on ne croit pas soi-même à ce qu'on avance.

– Je n'aurais jamais dû accepter cette invitation, a regretté Ricardo. Dire que mon ami m'avait juré que nous jouerions selon les principes du hockey équitable…

– Ton ami n'est tout de même pas responsable du comportement des parents ! a répliqué mon père. Et puis soyons honnêtes : c'est le père de Paula qui a lancé le bal !

Tout le monde a admis qu'il avait raison en hochant tristement la tête. Encouragé par leur réaction, mon père a continué sur sa lancée.

– Ce qui est triste, c'est que le comportement de certains parents nous fait oublier les moments positifs de cette partie. Nos enfants ont joué comme des champions. Avez-vous vu comment nos défenseurs se jetaient devant la rondelle pour protéger leur gardien ?

Ils n'ont jamais fait preuve d'autant de fougue pendant les entraînements.

Tout le monde l'a approuvé encore une fois, et j'étais bien content pour lui. C'est toujours agréable de voir que son père est écouté par les autres.

– Je pense qu'on devrait continuer à jouer de véritables parties, a-t-il conclu, mais contre une autre équipe.

– J'ai une bien meilleure idée, a proclamé Raphaël sur un ton solennel.

Il ne lui arrive tellement pas souvent d'être sérieux que nous avons tous tourné la tête vers lui, intrigués.

Selon lui, nous devrions jouer une troisième partie contre nos « adversaires », pour déterminer qui serait le vainqueur de notre minitournoi.

Au début, personne ne voulait en entendre parler, mais il a trouvé de si bons arguments qu'il nous a finalement convaincus.

Ricardo a aussitôt téléphoné à l'instructeur de l'autre équipe, et ils ont convenu que nous jouerions une ultime partie le dimanche suivant.

J'étais certain que Raphaël avait eu une excellente idée. Jamais je n'avais eu aussi hâte de jouer au hockey !

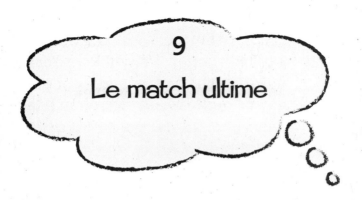

9
Le match ultime

C'est mal parti. Très mal parti.

Les parents de nos « adversaires » sont équipés de cloches et de trompettes, comme d'habitude, et l'un d'eux a même un porte-voix pour être sûr de bien se faire entendre aux quatre coins de l'aréna – et particulièrement par le père de Paula.

– Eh, patate ! As-tu apporté ton télescope ? Tu vas en avoir besoin !

Le père de Paula le laisse s'égosiller pendant quelques minutes, imperturbable, puis il sort de son sac un amplificateur branché sur de puissantes piles, et il fait jouer *We Will Rock You!* à tue-tête. La partie n'est pas encore commencée que déjà, on se croirait à la fin du septième match des séries de la coupe Stanley.

Nous prenons nos positions sur la patinoire, et le juge de lignes demande aux gardiens s'ils sont prêts. Ils répondent d'un hochement de la tête. Avant de laisser tomber la rondelle sur la patinoire, le juge de lignes prend le temps d'adresser un clin d'œil complice aux deux instructeurs, qui répondent de la même façon.

Chez les spectateurs, personne ne peut se douter que cette « partie de hockey » se déroulera selon un scénario écrit par Raphaël, avec la complicité des entraîneurs et des joueurs des deux équipes, à qui on a expliqué les nouveaux « règlements » dans les vestiaires, tout juste avant le match.

Le juge de lignes fait semblant de laisser tomber la rondelle sur la glace, mais il la garde dans sa main, patine jusqu'au but de Raphaël… et il marque un but!

Pendant que les parents de notre équipe hurlent leur colère à pleins poumons, Raphaël enlève son gant et félicite le juge de lignes en lui serrant la main! Il s'empare ensuite d'une bouteille d'eau, traverse la patinoire et va la lancer dans le but de nos «adversaires». Au lieu de protester, leur gardien lève les bras au ciel en signe de victoire!

L'arbitre va maintenant rencontrer le marqueur officiel, et celui-ci inscrit le pointage sur le tableau indicateur: nous menons maintenant par 12 à 7! (Dommage qu'il n'y ait pas moyen d'indiquer TRINITON TOTAL sur ces tableaux.)

L'arbitre en profite pour s'emparer du micro et annoncer à l'assistance que le premier but, compté par le juge de lignes, est valide même s'il a été marqué avec la main, mais que le deuxième vaut plus de points parce qu'il a été marqué par un gardien.

Il sort ensuite des dizaines de rondelles de ses poches et les lance partout sur la patinoire, au grand plaisir de tous les joueurs, qui peuvent aller marquer autant de buts qu'ils le désirent. Le tableau d'affichage n'en finit plus d'indiquer des chiffres qui n'ont aucun rapport avec ce qui se déroule sur la glace, et le temps s'écoule à l'envers !

Quelques minutes plus tard, le compte est de 99 à 78 pour les arbitres, et les deux instructeurs viennent nous rejoindre sur la patinoire. Ils ont mis des nez de clown et ils s'amusent en se lançant un ballon de plage.

Dans les estrades, c'est le calme plat. Les parents des deux équipes ont les yeux grands comme des soucoupes. Ils ne comprennent rien à ce qui se passe.

Ricardo s'empare alors du micro et demande aux spectateurs s'ils apprécient ce numéro de cirque.

Silence total.

Il s'informe ensuite si l'assistance préférerait que les jeunes jouent au hockey «pour de vrai».

Quelques spectateurs approuvent en hochant la tête, mais ils sont encore si éberlués qu'ils n'osent pas parler.

– Dans ce cas, poursuit Ricardo, est-ce qu'il vous serait possible de vous conduire en parents responsables? Aussitôt que nous entendrons des insultes ou quoi que ce soit du genre, nous arrêterons de jouer et nous recommencerons à faire les clowns. C'est compris?

Les joueurs, les arbitres et les instructeurs ramassent alors les rondelles supplémentaires. La vraie partie peut enfin commencer.

Je ne vais pas vous décrire tout ce qui s'est passé par la suite, mais je veux que vous sachiez que c'est sûrement la partie de hockey la plus bizarre à laquelle j'ai assisté. Les parents nous regardaient jouer dans un silence religieux, si bien que nous aurions facilement pu oublier leur présence.

Quand nos « adversaires » ont marqué un premier but, quelques minutes plus tard, c'est le père de Paula qui a applaudi le plus fort.

Les parents de l'autre équipe se sont mis à en faire autant en soulignant nos meilleurs jeux. La moindre passe, même ratée, le moindre coup de patin nous valaient des tonnerres d'applaudissements.

Il en va souvent ainsi avec les parents : c'est tout l'un ou tout l'autre. Il n'y a pas de juste milieu.

Nous étions tous très contents de jouer, ce jour-là, mais les plus heureux étaient sûrement les arbitres ! Ils ont eu un grand sourire accroché aux lèvres du début à la fin du match et, quand la sirène a sonné, ils ont même fait une révérence en direction de la foule, qui les a applaudis à tout rompre.

Oui, vraiment, je peux vous dire que cela a été le plus beau match de hockey de toute ma vie. Au jeu du Dernier Mot®, ce sont les joueurs, cette fois-ci, qui ont marqué un point !

Ce match mémorable a aussi été le dernier. Ma mère a fini par se dire que le hockey était un sport trop violent, même avec les méthodes de Ricardo.

– L'année prochaine, m'a-t-elle annoncé, j'aimerais bien que tu t'inities à une autre activité.

– Excellente idée! ai-je aussitôt répondu. Ce qui m'attire le plus, c'est le karaté.

– Parfait! a-t-elle simplement approuvé.

Ma mère est vraiment bizarre: à ses yeux, il semble que le karaté ne soit pas un sport violent…

Mon père, lui, n'a pas accepté aussi vite ma proposition.

– Prends quand même le temps d'y réfléchir, m'a-t-il dit. Tu pourrais aussi suivre des cours de natation, ou de judo, ou de badminton. Quand j'étais jeune, j'aimais beaucoup le badminton...

J'ai promis que j'y penserais, mais je sais que je ne changerai pas d'idée, surtout depuis que j'ai appris que Paula suivrait des cours de karaté, elle aussi...

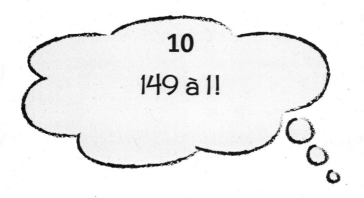

10

149 à 1!

Depuis que la saison de hockey est terminée, mes parents peuvent se lever plus tard le dimanche matin, et ils en profitent.

Ma mère a l'habitude de s'installer dans son fauteuil préféré tout de suite après le petit-déjeuner pour se plonger dans un bon roman, tandis que mon père feuillette le journal en buvant son café.

Ma mère ne peut cependant jamais se concentrer sur son livre très longtemps, parce que mon père a toujours des commentaires à faire à propos de ce qu'il vient de lire.

– Tiens, tiens ! s'exclame-t-il. Voilà une nouvelle intéressante !

– Quoi donc ? s'informe ma mère sur un ton un peu distrait.

– Selon les journalistes, il semble qu'il y aura bientôt des élections…

– Ça ne m'étonne pas beaucoup : c'est ce que tout le monde prévoyait, non ?

– Sans doute, mais cela signifie qu'un seul parti va gagner, et que les autres vont perdre… Ce serait difficile de faire autrement ! Tiens, voilà une autre nouvelle qui risque de t'intéresser. Dans le cahier Cinéma, on parle d'un comédien qui a remporté un oscar. À moins que je ne me trompe, cela signifie qu'il y a eu un gagnant et des perdants là aussi. À la page suivante, on dresse la liste des émissions de télévision les plus regardées. Sais-tu ce qu'on trouve en haut de la liste ? Une émission de télé-réalité dans laquelle des concurrents sont éliminés chaque semaine. Voici maintenant la publicité d'une automobile dont on dit qu'elle est la meilleure de sa catégorie. Et ce n'est pas fini! Je n'ai pas encore parlé de la liste des livres les plus vendus, ni de la critique des restaurants. Imagine ce que ce sera quand je lirai les nouvelles du sport! Tu vois, ma chérie, tout cela confirme ce que je dis : il y a de la compétition partout. Dans la vie, il faut apprendre à gagner et à perdre. C'est un très mauvais service à rendre aux jeunes que de trop les protéger...

– Je connais au moins une page dans laquelle il n'y a pas de perdants ni de gagnants, répond calmement ma mère en refermant son livre.

– Ah oui? réplique mon père sur un ton railleur. Laquelle?

– Les bandes dessinées.

– Tu te trompes! Charlie Brown perd toutes ses parties de baseball! Tu vois, il y a des gagnants et des perdants partout!

– ...Tu as raison, admet ma mère.

Elle réfléchit quelques instants, avant d'ajouter :

– Je connais quand même une page dans laquelle il n'y a jamais de gagnants, dit-elle d'un air mystérieux.

– Ah oui ? Laquelle ?

– La page des décès.

Mon père reste bouche bée pendant quelques secondes, puis il éclate de rire.

Cette fois, il n'y a aucun doute possible : c'est ma mère qui remporte le championnat de Dernier Mot® !

Chapitre zéro
et demi

Avez-vous remarqué que les arénas sont remplis de parents qui assistent aux parties de hockey de leurs enfants? Ils commentent leurs moindres gestes, analysent leurs erreurs et ne cessent de leur faire des recommandations contradictoires: «Lance!», «Patine!», «Arrête!», «Avance!», «Recule!» Disons les choses comme elles sont: les parents ne sont pas à leur meilleur dans ces situations.

On assiste au même genre de scènes dans les estrades des terrains de baseball ou de soccer, les centres sportifs, les piscines, les gymnases. Partout où les jeunes font du sport, les parents s'assoient dans les estrades pour se livrer à des commentaires parfois stupides. C'est pareil dans le monde de la danse, du chant ou de la musique : partout, ce sont les enfants qui essaient de s'amuser, et les parents qui critiquent.

À moins que vos parents ne soient eux-mêmes des sportifs professionnels, il est très rare qu'on voie le contraire.

Raphaël et moi sommes très heureux de vous annoncer que cette époque est révolue. Nous venons en effet tout juste de fonder la première ligue internationale, et même intergalactique, de Dernier Mot®.

Nous sommes les deux premiers membres de cette ligue. Chaque semaine, nous communiquons par Internet pour commenter les meilleures répliques de nos parents et choisir le jeu de la semaine. Nous n'avons pas encore de commanditaire, mais cela ne saurait tarder.

Vous avez des parents, vous aussi? Vous n'êtes pas toujours fiers de la façon dont ils se comportent en public? Jouez au Dernier Mot® avec nous, et vous allez peut-être gagner quelque chose! (J'ai bien dit peut-être!)

Ce jeu est évidemment interdit aux adultes, et les règlements peuvent changer sans préavis... Vous pouvez même les inventer au fur et à mesure!

Chapitre zéro et trois quarts

Vous savez maintenant que je vous disais bien la vérité, au début de ce livre, quand j'affirmais que deux parents, c'est au moins trois fois plus de problèmes qu'un seul.

Ce n'est pas une erreur de mathématiques, loin de là ! D'ailleurs, je suis plutôt bon en mathématiques (comme mon père), même si je ne suis pas le champion (mais ce n'est pas grave, comme dirait ma mère).

Allez, à la prochaine !

428½ ®

Règles du jeu (facultatives)

But du jeu : rire (obligatoire).

Accessoires : Un jeu de cartes, ou deux, ou trois. On peut aussi jouer avec des cartes de hockey, des dés, des lettres de scrabble, de l'argent de Monopoly ou des cartes de bingo. Les piles ne sont pas comprises et cela tombe drôlement bien : elles ne sont pas requises.

Nombre de joueurs : Illimité. Si vous êtes plus de 30, nous vous suggérons cependant d'aller plutôt jouer au football, surtout s'il fait beau et que vous avez tous des souliers à crampons.

Âge : De 4 à 6 ans, de 8 à 16 ½ ans, et de 28 à 99 ans. Les autres peuvent jouer, mais ils doivent rester debout pendant toute la partie. On les appelle des TOTEMS.

Les joueurs de plus de 99 ans doivent OBLIGATOIREMENT obtenir la signature de leurs parents. Les fac-similés ne sont pas acceptés.

Préparation : Le joueur à qui appartient le jeu de cartes est appelé l'AIGLE ROYAL DE BIRMANIE. Les autres joueurs sont des MOUSTIQUES INSIGNIFIANTS ou des LOMBRICS GLUANTS (au choix). L'Aigle royal de Birmanie distribue les cartes comme il le veut. Il peut aussi garder toutes les cartes pour lui, mais il court le risque que les moustiques insignifiants le traitent de RAPACE ROYAL. Les moustiques, les lombrics et les totems prennent le nombre de cartes qu'ils veulent là où ils le veulent, y compris dans le jeu de l'Aigle royal de Birmanie, et ils les disposent à l'endroit ou à l'envers, ou de toute autre manière.

Gagner la partie : Le premier joueur qui dit TRINITON TOTAL est déclaré gagnant. Il inscrit le chiffre qu'il veut sur la feuille de pointage (non fournie). La partie peut commencer.

Début de la partie: Le joueur qui est à droite de l'AIGLE ROYAL DE BIRMANIE, ou celui qui est à gauche, ou tout autre joueur, abat une carte sur la table (ou deux, ou trois, ou quatre). S'il veut que les deux s'appellent temporairement des rois, c'est correct. S'il veut les appeler des BIGOUDIS VERTS, il en a tout autant le droit. MÊME LE MARDI. Ne le contredisez jamais, surtout s'il a mauvais caractère.

Quand le premier joueur a déliré à son goût, il cède la main à un autre joueur. On dit alors qu'il DÉGUSTE SES HARICOTS, mais on peut aussi déclarer autre chose si on est mieux inspiré.

Le deuxième joueur délire à son tour, et ainsi de suite jusqu'à ce que tous les joueurs aient eu la chance de faire un GRAND CHELEM.

Tout joueur qui décide que la carte qu'il vient de jouer s'appelle un GRAND CHELEM en a le droit.

Les points: Les joueurs inscrivent ce qu'ils veulent sur leur feuille de pointage (non fournie). Les chiffres, les lettres, les hiéroglyphes égyptiens et les dessins sont acceptés, mais on n'a pas le droit de mettre le feu à la feuille de pointage de l'Aigle royal de Birmanie, même s'il vous tombe parfois sur les nerfs.

Règles supplémentaires (facultatives)

Les totems ont le droit de s'asseoir s'ils sont fatigués.

Tout joueur qui invente un règlement qui fait rire ses partenaires a le droit d'être content de lui.

On peut jouer en équipes de deux, trois, quatre, cinq, six ou sept. Toutes les combinaisons sont possibles, à condition que le total donne un nombre pair ou impair ou quoi que ce soit d'autre.

Tout joueur peut élaborer des STRATÉGIES COMPLEXES, mais ce n'est pas vraiment nécessaire.

On peut manger des COLLATIONS pendant toute la durée du jeu. Les fleurons de brocolis sont particulièrement délicieux, surtout avec une sauce trempette. Celui qui fournit le brocoli est appelé le MARÉCHAL DU LOGIS, le MONÉGASQUE ALANGUI ou le MONARQUE ASSOUPI. (Si vous trouvez d'autres rimes, ne vous gênez surtout pas et ajoutez-vous dix points).

Si les autres joueurs n'aiment pas le brocoli, tant pis !

Tout joueur peut passer son tour et changer toutes ses cartes, ce qui ne présente aucun intérêt.

Tous les joueurs peuvent tricher, sauf l'Aigle royal de Birmanie.

Tous les joueurs ont le droit d'inviter n'importe qui à participer à un TOURNOI INTERGALACTIQUE. Celui-ci se joue cependant selon les règles internationales du moment, SANS EXCEPTION.

Fin de la partie: La partie se termine quand elle se termine. Il faut alors ranger le jeu de cartes (non fourni), la feuille de pointage (non fournie) et le crayon (non fourni) dans la boîte (non fournie).

Profitez-en pour faire une partie de Dernier Mot!®

MOT SUR L'AUTEUR

François Gravel aime beaucoup jouer au scrabble et au Monopoly, et il est parfois mauvais perdant. C'est pourquoi il préfère le 428 ½, le seul jeu où il est assuré de gagner.

Martine Doyon

Mais ce qu'il aime par-dessus tout, c'est inventer des histoires! C'est aussi un grand amateur de brocoli, de jogging et de crème glacée!

Son fils Simon a joué longtemps au hockey. Quand François l'accompagnait, il prenait des notes... sur le comportement des parents!

Mes parents sont gentils mais...

1. Mes parents sont gentils mais...
   tellement menteurs!
   ANDRÉE-ANNE GRATTON

2. Mes parents sont gentils mais...
   tellement girouettes!
   ANDRÉE POULIN

3. Mes parents sont gentils mais...
   tellement maladroits!
   DIANE BERGERON

4. Mes parents sont gentils mais...
   tellement dépassés!
   DAVID LEMELIN

5. Mes parents sont gentils mais...
   tellement amoureux!
   HÉLÈNE VACHON

6. Mes parents sont gentils mais...
   tellement mauvais perdants!
   FRANÇOIS GRAVEL

7. Mes parents sont gentils mais...
   tellement désobéissants!
   DANIELLE SIMARD

ILLUSTRATRICE: MAY ROUSSEAU

www.mesparentssontgentils.ca

Série Brad

Auteure : Johanne Mercier
Illustrateur : Christian Daigle

1. Le génie de la potiche
2. Le génie fait des vagues
3. Le génie perd la boule
4. Le génie fait la bamboula
   (printemps 2009)

www.legeniebrad.ca

Le Trio rigolo

AUTEURS ET PERSONNAGES :

JOHANNE MERCIER – LAURENCE
REYNALD CANTIN – YO
HÉLÈNE VACHON – DAPHNÉ

ILLUSTRATRICE : MAY ROUSSEAU

www.triorigolo.ca

Marquis imprimeur inc.

Québec, Canada
2008